W9-BHT-587

Titre de l'ouvrage original : SPELLS
Éditeur original :
Macmillan Publishers, Londres.
Texte et illustrations copyright
© Emily Gravett 2008
Tous droits réservés
Pour la traduction française :
© 2008 Kaléidoscope
11, rue de Sèvres, 75006 Paris
Loi n° 49.956 du 16 juillet 1949
sur les publications
destinées à la jeunesse : septembre 2008
Dépôt légal : septembre 2008

Imprimé en Chine

www.editions-kaleidoscope.com

Traduit de l'anglais par Élisabeth Duval

Diffusion l'école des loisirs

Emily Gravett

Sortilèges

kaléidoscope

Il était une fois un crapaud qui trouva un livre.
Il espérait que le livre parlerait de bateaux,
et qu'il deviendrait pirate des sept mers.

Mais ce n'était qu'un vieux livre de sortilèges
et il n'était qu'un petit crapaud vert.

Il espérait que le livre parlerait de châteaux, et qu'il deviendrait un prince charmant embrassant une jolie princesse.

Mais ce n'était qu'un vieux livre de sortilèges et il n'était *toujours* qu'un petit crapaud vert.

Puis tout à coup, Crapaud eut une idée.

Sortilège

pour devenir

PRINCE CHARMANT

Dans
le chaudron
ces mots vous jetterez

Abra

Patatras

Carrotozapin

Trois fois remuerez et sortilépellerez...

Enfin !

Crapaud était grand.
Il était charmant.
C'était un prince !

Et il allait embrasser
une jolie princesse.

Il ferma les yeux et…

... et il n'il était qu'un petit crapaud vert (de nouveau).

Prière de lire attentivement
les petits caractères

Le Sortilège du Prince Charmant© sera neutralisé
par le baiser d'une Princesse authentique.